# UNE HEURE D'ALCIBIADE,

OPÉRA - COMIQUE

EN UN ACTE ET EN VERS LIBRES,

Paroles de H. F. DUMOLARD,

Musique de M. TAIX;

*Représenté, pour la première fois, à Paris, sur le Théâtre des Jeunes Elèves, le 15 ventose an 12.*

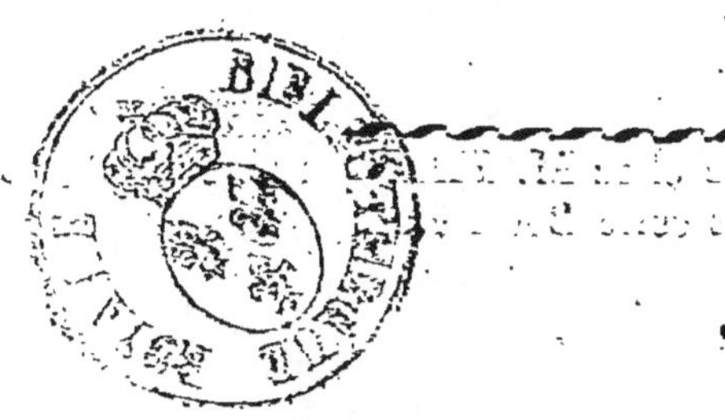

## A PARIS;

Chez Mad. CAVANAGH, Libraire, sous le nouveau passage du Panorama, N°. 5, entre le Boulevard Montmartre et la rue St.-Marc.

AN XII. — (1804.)

# PERSONNAGES.

ALCIBIADE. _Grévin._
LISISTRATE, affranchi d'Alcibiade. _St.-Edme._
LEUCIPPE, Sculpteur. _Guénée._
NAYS, amante de Leucippe, _Mlle. Rose Dupuis._
Amis et Amies d'Alcibiade.
Esclaves des deux sexes.

La scène est à Athènes, dans le palais d'Alcibiade.

La partition se trouve chez M. _TAIX_, rue Saintonge,
près celle Boucherat.

# UNE HEURE D'ALCIBIADE.

## SCÈNE PREMIÈRE.

LISISTRATE, LEUCIPPE, *Esclaves d'Alcibiade, occupés à placer une statue de Bacchus, qui a été faite par Leucippe.*

### LISISTRATE.

Alcibiade à son retour,
Sera content de notre zèle.
Vraiment la statue est fort belle
Et digne en tout de ce séjour.

### CHŒUR.

Sois la divinité de ce lieu de délices,
Bacchus! tes dons charment tous les humains;
La coupe du plaisir est remise en tes mains.
Vénus te doit ses plus doux sacrifices.
Tu sais de la fière beauté,
Comme du sage, amollir la rudesse;
Sous les glaces de la vieillesse,
Tu fais briller le feu de la gaîté.

### LISISTRATE.

Des enfans d'Epicure une joyeuse bande,
Ici viendra t'encenser chaque jour;
Sur ton autel charmant, sur celui de l'Amour,
Il est si doux de porter son offrande!
Du dieu qui ne sait que punir
Vainement la foudre étincelle!
A ce vain bruit l'homme est rebelle :
Il est vaincu par le plaisir ( *il tourne autour de la statue.* )
J'admire, amis, le sujet et l'ouvrage;
Voilà les pampres verts, le thyrse, les grelots,
Et ce souris joyeux, précurseur des bons mots.
( *à Leucippe.* )
Du fils de Clinias, vous aurez le suffrage

### LEUCIPPE.

Heureux si je puis obtenir
Qu'il encourage ma jeunesse.

### LISISTRATE.

Ce ton modeste m'intéresse ;
Comme un autre un héros, se laisse prévenir,
Je parlerai pour vous.

### LEUCIPPE.

Je voudrois à moi-même,

Devoir un tel succès.

( 4 )

**LISISTRATE.**

Erreur qu'un tel système.

Sans la prévention que de gens ici bas,
De leurs faibles rivaux ne triompheraient pas !
Adieu, comptez sur moi, moi, dont Alcibiade,
De son esclave a fait presque son camarade. (*Il sort avec les esclaves.*)

---

## SCÈNE II.

**LEUCIPPE** *seul.*

Il dit vrai, sans prôneurs on ne peut réussir.
O ma Nays, toi seule inspirais mon génie,
Toi seule à mon talent donnas l'ame et la vie !
(*Il va à sa statue.*)
Mais ce Bacchus est faible, au gré de mon désir,
Puis-je être content d'un ouvrage,
Dont le succès pour moi serait si précieux ?
Le père de Nays éloigné de ces lieux,
Languit dans un dur esclavage ;
Quel plaisir d'arracher à des fers odieux
Celui de qui dépend la beauté qui m'est chère !

---

## SCÈNE III.

**LISISTRATE, LEUCIPPE, ALCIBIADE.**

**LISISTRATE.**

Il est charmant, charmant !

**ALCIBIADE.**

Voyons, grand connaisseur !

**LISISTRATE.**

Mais pour juger les arts, il n'est pas nécessaire
De s'y connaître tant ; un ensemble flatteur,
Le sentiment du vrai... mais jugez-en vous-même.

**ALCIBIADE** *regardant la statue.*

Quel style pur, correct, c'est Bacchus, c'est lui-même.
(*à Lisistrate.*)
Cours chercher nos amis, qu'ils viennent admirer
Ce chef-d'œuvre nouveau. (*Lisistrate sort, Leucippe veut le suivre.*)

---

## SCÈNE IV.

**LEUCIPPE, ALCIBIADE.**

**ALCIBIADE.**

Sitôt vous retirer !

(5)

Leucippe, je n'ai pas mis à prix votre ouvrage.

LEUCIPPE.

D'Alcibiade le suffrage
Pour un artiste est un trésor.

ALCIBIADE.

En y joignant un talent d'or, *
Il vaudra cent fois davantage.
Car Plutus est un dieu digne de notre hommage.

LEUCIPPE.

Appollon et Plutus sont rarement d'accord.

ALCIBIADE. — DUO. — LEUCIPPE.

| | |
|---|---|
| Plutus! quel sort est préférable, | Dieu des arts! rien n'est préférable |
| Au destin de ton favori ! | Au destin de ton favori ! |
| Les plaisirs l'entretien aimable | Le cœur d'un objet adorable, |
| D'un cercle joyeux et choisi, | Dont pour lui seul il est chéri, |
| Les présens de Bacchus et les faveurs des belles, | La paix, un peu de gloire, et des amis fidèles, |
| L'or lui procure tout cela. | Sans or, il obtient tout cela. |

ALCIBIADE.

Gloire et plaisir ; c'est ma devise.

LEUCIPPE.

Les arts et l'amitie sont mes plus doux plaisirs.

ALCIBIADE.

Les dieux créèrent les desirs,
Leur résister serait sottise.
On peut à l'éclat des talens
Joindre les dons de l'homme aimable.

LEUCIPPE.

Vous nous l'avez prouvé depuis long-tems.

ALCIBIADE.

Allons, trève de complimens,
Venons plutôt vider à table
Nos coupes et nos différens.

LEUCIPPE.

Je ne saurais...

ALCIBIADE.

Ma table est ouverte au mérite ;
Me refuserez-vous ? Socrate a bien par fois,
Pour la table d'un Sybarite,
Oublié ses austères lois...

LEUCIPPE.

Chez moi l'humanité m'appelle.

ALCIBIADE.

Vous serez libre avant la fin du jour.

_______________

(1) Le talent d'or attique valait 5,400 fr.

LEUCIPPE.

Je suis impatient...

ALCIBIADE.

J'admire ce beau zèle ;
On n'en aurait pas plus quand ce serait l'Amour.

AIR :

Demeurez pour jouir du concert de louanges,
Que vont vous donner mes amis,
Ils sont les disciples soumis
Du dieu fortuné des vendanges.
Et par eux, vous serez fêté,
Autant que l'est l'artiste habile,
Qui, pour l'amant sur la toile immobile
Fixa les traits de la beauté.

LEUCIPPE.

Quand vous intéressez la gloire d'un artiste,
À vos désirs, comment voulez-vous qu'il résiste ?

---

## SCENE V.

### Les Mêmes. LISISTRATE.

ALCIBIADE.

Mes amis viendront-ils ?

LISISTRATE.

Tout en les attendant
Je voudrais vous parler d'un objet important.
    (à Leucippe.)
Vous permettez qu'ici...

LEUCIPPE.

Sous ces dais de verdure
Je vais de vos jardins admirer la structure.

ALCIBIADE.

Usez-en librement. Leucippe parmi nous,
Sans contrainte, l'on suit ses penchans et ses goûts.
                    ( Leucippe sort.)

---

## SCENE VI.

### LISISTRATE, ALCIBIADE.

ALCIBIADE.

Quel motif si pressant auprès de moi t'appelle,
Et t'a fait éloigner ?

LISISTRATE.

Qui ! ce moderne Appelle,
Ce frondeur ennuyeux, au style rebattu,
Dont l'œil modeste a l'air d'éviter toute belle,
Et dont le front rougit...

ALCIBIADE.
                    Respectons la vertu,
Si de la pratiquer tous n'ont pas le courage,
Le méchant seul en rit, le pervers seul l'outrage.
Mais de quoi s'agit-il ?
                LISISTRATE.
                            Une jeune beauté
Va se rendre en ces lieux.
                ALCIBIADE.
                            Que je suis enchanté !
        Mais, dis ; cette beauté nouvelle,
        Aurait-elle conçu l'espoir
    De m'enlacer d'une chaîne éternelle,
Vient-elle de ses yeux essayer le pouvoir !

                A I R.

        Non ; l'enfant qui porte des ailes,
        S'endort dans les bras de l'ennui ;
        Le tems fuit : nos cœurs près des belles,
        Doivent voltiger comme lui.
        Comme une fleur qu'un jour voit naître,
        Brille la rose du plaisir ;
        Puisqu'un jour la voit disparaître,
        Hâtons-nous donc de la cueillir.

        D'Alcide l'exemple m'enchante !
        De ses travaux si glorieux,
        De ses exploits, que chacun vante,
        Un seul le mit au rang des Dieux.
        Ce héros, illustre modèle,
        Que je veux imiter toujours,
        Savait à la palme immortelle
        Unir le myrthe des amours.

                LISISTRATE.
    Qui vous parle, seigneur de constance éternelle ?
        A pousser d'éternels soupirs ;
        Je sais que votre ame est rébelle.

                ALCIBIADE.
    J'aime mieux partager mes volages désirs
    Entre ces doux objets dont s'embellit Athènes,
        Et de l'amour fuyant les chaînes,
        Je ne chéris que ses plaisirs.
                LISISTRATE.

                A I R.

        Sans art, ainsi que sans défense,
        A quatorze ans, jeune beauté,
        Nous charme par son innocence,
        Qu'embellit l'ingénuité ;

Sans projets , sans coquetterie,
C'est la rose à peine fleurie,
Dont le calice va s'ouvrir ,
Au premier souffle du plaisir.

Son sein , que voile la décence,
Tour-à-tour, paraît agité
Par les combats de l'innocence
Et l'attrait de la volupté.
Cette ardeur , timide et brûlante,
Ce trouble heureux qui la tourmente,
Qui va les faire évanouir !
Le premier souffle du plaisir.

ALCIBIADE.

Je reconnais le peintre à ce portrait fidèle,
Mais avant tout j'en veux connaître le modèle.

LISISTRATE.

C'est la jeune Nays.

ALCIBIADE.

Qui, cette aimable enfant,
Qu'aux fêtes de Cérès chacun admirait tant?

LISISTRATE.

Elle-même.

ALCIBIADE.

Ses traits présens à ma mémoire
Sur la déesse même obtenaient la victoire.
Mais bientôt sa pudeur sous un voile jaloux,
Evita les regards qu'elle aurait fixés tous.
Qui l'amène en ces lieux ?

LISISTRATE.

Narbas dont elle est fille ,
Pour voler à la gloire à quitté sa famille.

ALCIBIADE.

Eh bien ?

LISISTRATE.

Il est captif, et Nays aujourd'hui
Par mes soins enhardie , implore votre appui.

ALCIBIADE.

Que j'aime ton habileté
Et de tes soins l'heureuse adresse ,
Le bienfaiteur de la beauté,
A bien des droits à sa tendresse ;
A la servir , d'ailleurs qui ne serait porté ?

LISISTRATE.

Elle est ici.

ALCIBIADE.

Va , cours, je suis prêt à l'entendre ,
A la beauté jamais je ne me fais attendre. (*Lisistrate sort.*)

# SCENE VII.

## ALCIBIADE *seul*.

### *ARIETTE*.

Si tout homme est ambitieux,
Il ne faut pas qu'on s'en étonne
Ce qui charme le cœur, les yeux,
L'éclat d'un haut rang nous le donne.
Mais dira-t-on le chêne au sein des airs
Attire la foudre qui tonne...
Ainsi la vie a ses revers
Eh bien ! menons-la courte et bonne.

Mais cette aimable enfant ici porte ses pas.
Que j'aime sa pudeur et ce tendre embarras.

# SCENE VIII.

## ALCIBIADE, NAYS. *s'avançant d'un pas timide. Elle est voilée.*

### NAYS, *à part*.

Grands Dieux ! donnez à ma prière
L'heureux pouvoir de le toucher,
Faites qu'il s'intéresse aux malheurs de mon père.

### ALCIBIADE.

Aimable enfant, daignez vous approcher.

### NAYS.

Seigneur, excusez mon audace.

### ALCIBIADE.

Ecouter tout le monde est mon premier devoir,
Mais si vous obliger était en mon pouvoir,
A mon destin j'en rendrais grâce.

### NAYS.

Mortel cher aux Atheniens,
Vous, l'espoir et l'appui de nos concitoyens,
Prêtez l'oreille aux vœux d'une triste famille.
Narbas dont vous voyez la fille,
Après mille combats, mille travaux divers
Captif, a vu ses bras chargés d'indignes fers ;
De ma patrie orgueilleuse rivale,
Sparte, excitant la discorde fatale
Le force à gémir loin de nous.
Je ne le puis redemander qu'à vous,
A vous, vengeur choisi par l'Attique et la Grèce,
Pour réprimer l'orgueil d'une ville traîtresse ;
Au fils de Clinias dont le bras est armé
Pour secourir le faible et venger l'opprimé.

### ALCIBIADE.

Il me sera bien doux de finir l'infortune

D'un guerrier malheureux pour la cause commune.
Il vous sera rendu.

N A Y s.

Seigneur , daignez compter
Sur toute ma reconnaissance.

A L C I B I A D E.

N'en parlez pas , le plaisir d'obliger ,
Porte avec lui sa récompense, ( *Il lui prend la main.* )
Daignez me croire votre ami ;
Pour m'en donner une preuve première,
Ne souffrez plus que ce voile ennemi
A mon regard avide oppose sa barrière.
Offrez-vous toute entière à mon œil satisfait,
Il est si doux de voir les heureux que l'on fait !

( *Il lève le voile de Nays.* )

R É C I T A T I F.

N A Y s.

Mais, seigneur... *A part.* Je demeure interdite , éperdue.

A L C I B I A D E, *à part.*

Dieux ! que d'attraits, ce lien dérobait à ma vue !
*Haut.* Jeune et charmant objet, adorable Nays,
Je trouve à vous servir des plaisirs infinis ;
Quand je songe, sur-tout, à la reconnaissance,
Dont votre bouche a daigné me flatter.
Heureux cent fois, qui pourrait mériter
Une si douce récompense !

N A Y s.

Et quel autre retour que la reconnaissance
Peut-on offrir pour les soins généreux,
Que nous donne la bienfaisance !

*AIR.*  A L C I B I A D E.

Ah ! que d'un plus agréable retour,
Vous pourriez payer un service !
Consultez , ô Nays, un miroir ou l'Amour,
Vous vous rendrez plus de justice.

N A Y s.

Seigneur, par quel autre retour
Puis-je payer un tel service !
Qu'ont de commun un miroir et l'Amour,
Quand j'implore votre justice !

*Alcibiade répète son couplet.*

N A Y s.

Je me la rends, seigneur , mais je ne pense pas
Qu'il soit un prix plus doux que l'amitié, l'estime.

A L C I B I A D E.

Quand on est si riche d'appas ,
Tant de modestie est un crime,
C'est dérober à la société
Des trésors que l'amour ne forma que pour elle.

C'est pour le bien commun que naquit la beauté ;
Pour faire des heureux, l'amour vous fit si belle.

NAYS.

Je ne mérite pas de semblables discours ;
Votre bonté, seigneur, se rit de ma misère,
Daignez plutôt hâter un généreux secours.

ALCIBIADE.

Ma promesse, Nays n'est point une chimère,
Je ne promis jamais en vain ;
Croyez donc que l'amour saura vous rendre un père,
Mais cet enfant ne vit que de butin,
Il vous demande son salaire :
Souffrez qu'un doux baiser soit le préliminaire
D'un accommodement si doux. (*Il veut l'embrasser.*)
NAYS *le repoussant avec vivacité et modestie.*

*ARIETTE.*

Sur vous, seigneur, reprenez cet empire
Dont le grand homme est si jaloux ;
Et souffrez que je me retire
Sans rougir pour moi, ni pour vous.
Si de l'amant timide et tendre,
On craint d'encourager l'espoir,
Prêter l'oreille à qui veut nous surprendre,
C'est déjà trahir son devoir.

Sur vous, seigneur, reprenez cet empire, etc.
ALCIBIADE, *la retenant.*

Belle Nays, ne fuyez pas.
A mes désirs daignez vous rendre ;
Ici, que de belles, hélas ?
Ne regarderaient pas l'hommage le plus tendre
Comme un outrage à vos appas.
NAYS.

Seigneur qu'oseriez vous prétendre,
Au nom des dieux, délivrez-moi
De la honte de vous entendre !
Laissez-moi fuir ?
ALCIBIADE.

D'où vous vient cet effroi ?
L'amour que vos regards fait naître,
Ce dieu qui tôt ou tard doit être votre maître...
Vous défend de sortir.
NAYS.

L'amour dont vous parlez,
N'est pas ce doux penchant épuré par l'estime,
En égarant vos sens troublés,
Sa fureur nous conduit au crime ;
De quel droit osez vous ici me retenir !

#### ALCIBIADE.

O Nays, nous saurons bannir,
Ces préjugés de votre enfance,
Des embarras de l'aimable innocence,
Alcibiade aime à jouir.

#### NAYS.

A vous-même, seigneur, souffrez que j'en appelle
Un autre a reçu tous mes vœux,
Cessez de déchirer un cœur tendre et fidèle.

#### ALCIBIADE.

Quel est l'heureux objet d'une flamme si belle ?

#### NAYS.

C'est Leucippe.

#### ALCIBIADE.

Sculpteur ?

#### NAYS.

Pauvre, mais vertueux,
Nous devons être unis au retour de mon père.

#### ALCIBIADE.

Fidélité, constance, agréable chimère,
Dont se bercent les jeunes cœurs,
Nays, je sens que vous m'êtes trop chère
Pour vous laisser de pareilles erreurs ;
A seize ans j'eus aussi les miennes,
Je crus qu'on aimait constamment ;
Mais nos belles Athéniennes
M'eurent détrompé promptement,
Si Leucippe aujourd'hui, séduit par la richesse,
D'une autre que Nays consent d'être l'époux,
Daignez promettre à ma tendresse
Le prix qui lui serait si doux.

#### NAYS.

Si j'en juge d'après moi-même,
Leucippe me sera constant.

#### ALCIBIADE.

Faisons-en l'épreuve ici même,
Y consentez-vous ? cependant
Vous demeurerez ma captive,
Rien ne peut vous tirer d'ici.

#### NAYS.

Quoi qu'il arrive
Mon sort se décide, en ce jour,
Car s'il trahissait mon amour,
N'attendez pas qu'à sa foi je survive.

### ALCIBIADE.

Jusqu'à ce moment souhaité,
De ce séjour soyez maîtresse,
Votre vertu demeure en sûreté,
Comme aux pieds des autels de la chaste déesse.
Bientôt Leucippe va venir ;
Vous allez éprouver s'il est fidèle et tendre ;
Quand je l'aurai fait avertir ;
( *Il lui indique une pièce voisine.* )
De ce salon voisin vous pourrez nous entendre ;
Dans la ferveur d'un premier sentiment,
On se croit fixé pour la vie ;
Sotte erreur, préjugé, folie,
Dont le cœur revient promptement.
Oui l'exemple de son amant
De cette Nays tant jolie
Va dissiper le prestige charmant.
S'il me résistait cependant ;
Si tout l'éclat de l'opulence
Ne pouvoit ébranler cette rare constance !...
Non, il sera fidèle à la commune loi
Et dès lors Nays est à moi !

---

## SCENE IX.

## NAYS *seule.*

### *RÉCITATIE.*

Leucippe plains le sort de ta fidèle amante :
Quoique loin de douter de ta sincérité,
Je vais faire en ce jour une épreuve imprudente ;
On l'exige, pardonne à la nécessité.

### AIR.

Charme de l'aveugle jeunesse,
Beauté, trop funeste présent,
A trahir l'austère sagesse,
Tu nous exposés bien souvent.
En vain la coquette légère
Met son bonheur à tout charmer,
Hélas ! s'il est flatteur de plaire,
Je sens qu'il est plus doux d'aimer !
Reprenez un présent funeste,
Dieux puissans, qu'implore ma voix,
Leucippe, si ton cœur me reste,
Je serai trop belle cent fois !

Cessez, doutes cruels d'outrager sa constance,
Je sens au fond du cœur une douce assurance,
On vient, dérobons-nous aux regards curieux.

Ciel ! que vois-je ? Leucippe est déjà dans ces lieux,
Allons, puisqu'il le faut, évitons sa présence.
( *Elle entre dans le salon voisin.* )

## SCENE X.
### LEUCIPPE *seul.*

Il m'a donné le tems de tout voir à loisir.
Par de vains ornemens prodigués sans mesure,
  Mutiler au lieu d'embellir.
Et sous le poids du luxe étouffer la nature,
Voilà ce qu'ici-bas ils appellent jouir.
A tous ses goûts, du moins Alcibiade allie,
  L'amour des arts. Active a l'imiter,
Jusques dans ses écarts Athènes le copie, )
Et bientôt nous verrons chacun se disputer
L'honneur d'encourager les arts et le génie,
  Combien je bénirai les dieux
  Si le père de mon amie,
Au fruit de mes travaux heureux
Peut devoir le bonheur de revoir sa patrie.

## SCENE XI.
### LEUCIPPE, ALCIBIADE.
#### ALCIBIADE.

Eh bien ! que pensez-vous de mon petit réduit,
Leucippe ?
#### LEUCIPPE.
  Il me paraît digne en tout de son maître.
#### ALCIBIADE.
Nos convives ne vont pas tarder à paraître,
  Excusez-les, jusqu'à près de minuit
  A table quelquefois on veille.
#### LEUCIPPE.
J'entends ; quand on veilla la moitié de la nuit,
  La moitié du jour on sommeille.
#### ALCIBIADE.
J'en conviens ; mais parlons d'objets plus importans,
  Comment vous traite la fortune ;
  Et vos destins sont-ils satisfaisans ?
#### LEUCIPPE.
Je n'ai jamais cherché la grandeur importune.
L'artiste heureux, au sein de sa médiocrité
Travaille pour la gloire et la postérité.

( 15 )

### ALCIBIADE.

Sans doute il est flatteur de vivre pour la gloire;
Des vertus, des talens c'est l'attribut heureux;
Cet hommage flatteur, qu'on rend à leur mémoire
    Rend les mortels égaux aux dieux:
Leucippe, cependant l'honorable indigence
    Rarement donne le bonheur;
    Pour Athènes quel déshonneur...
Quand le vice souvent nage dans l'opulence,
Le génie étouffé languit dans le malheur.
De mes contemporains réparant l'injustice,
Je veux vous faire un sort plus doux;
    Qu'à la vertu le mérite s'unisse,
D'une riche beauté soyez l'heureux époux?

### LEUCIPPE.

    Depuis un mois, j'ai pu de l'opulence
    Apprécier le plus divin plaisir,
Le besoin d'exercer la douce bienfaisance,
D'être riche un moment m'inspira le désir.

### ALCIBIADE.

Voici l'occasion.

### LEUCIPPE.

        Je ne puis la saisir.

<br>

| LEUCIPPE. | *DUO.* | ALCIBIADE. |
|---|---|---|
| L'hymen est si doux quand on s'aime, | | Je sais que l'hymen, quand on s'aime, |
| Quand on s'unit à l'objet de son choix; | | Donne à nos cœurs de moins pénibles loix; |
| Mais quand l'intérêt seul nous range sous les loix, | | Mais souvent un regard décide notre choix, |
| Aime-t-on sa moitié, l'estime-t-on soi-même! | | Et vous allez l'éprouver par vous-même: |
| De vos bontés je ne saurais jouir. | | Vos refus vont s'évanouir, |
| Eût elle de Vénus la ceinture divine, | | Aux yeux de la beauté que mon cœur vous destine. |

### ALCIBIADE.

Voyez-la seulement: de l'enfant de Cythère
Vous cherchez, m'a-t-on dit, un modèle enfantin;
    Mais en voyant ce modèle divin
    Vous croiriez avoir vu sa mère.

### LEUCIPPE.

    Je puis braver, le pouvoir de ses yeux,
L'artiste à la beauté pourra bien rendre hommage;
    Mais mon cœur, brûlé d'autres feux,
Ne saurait plus s'enflammer davantage.

### A L C I B I A D E.

Je gagerais cent talens d'or,
Qu'aussitôt que vous l'aurez vue,
Le sculpteur avec la statue
Désirera l'original encor.

### L E U C I P P E.

Rien ne peut me rendre infidèle
A l'objet de mon premier choix.
De vos refus bientôt vous gémirez près d'elle.

## SCENE XII.

## ALCIBIADE, NAYS, LEUCIPPE.

### A L C I B I A D E.

Tout artiste doit l'admirer,
Est-il un plus charmant modèle !
*( Voulant soulever son voile. )*
Mais ce n'est rien ; voyez comme elle est belle !
Et vous allez l'adorer.
*( La dévoilant. )*
Eh bien ! voyez quel était mon modèle.

### L E U C I P P E.

*Ensemble*

Je conviens qu'on peut admirer,
Et choisir un pareil modèle,
Je vous l'ai dit, c'est envain quelle est belle ;
Je ne saurais l'adorer.
Quoi ! ma Nays étais votre modèle !

### N A Y S.

Ciel ! me va-t-il désespérer !
En s'enflammant pour son modèle ?
O quel bonheur envain je serais belle,
Il ne saurait m'adorer,
Oui des amants j'ai choisi le modèle.

### N A Y S.

Cher et constant ami.

### L E U C I P P E.

Belle Nays ! c'est vous.
Mais par quelle heureuse aventure,
En ce lieu, nous rencontrons-nous ?

### A L C I B I A D E.

Je vais vous satisfaire tous,
Et de mes torts faire un aveu sincère :
Oui, j'ai pu désirer le bonheur de lui plaire ;
Moins par vice de cœur que par légèreté,
J'allais trahir l'honneur et l'hospitalité.

De la vertu quelle est l'invincible puissance,
   Mon noir dessein n'a pu tenir
    Contre les pleurs de l'innocence.
Attendri, pénétré d'un juste repentir,
Du valeureux Narbas je finirai l'absence.
Et l'aimable Nays, est digne encor de vous.

          LEUCIPPE.

Moi, je la flétrirais par un soupçon jaloux !
Non, je connais son cœur, et d'une perfidie,
Nays n'a pas besoin que rien la justifie.

        ALCIBIADE.

Trop fortuné rival, devenez son époux ;
Heureux, s'il m'est permis, après un pareil crime,
De conserver encor des droits à votre estime,
Ne la refusez pas, Nays, à mes remords...

          NAYS.

C'est bien faire déjà que d'avouer ses torts ;
Mais quand on les répare avec autant d'usure,
    Une offense est presque un bienfait.

        ALCIBIADE.

Cher Leucippe, acceptez le prix de la gageure.

         LEUCIPPE,

Mon cœur a trop à dire, et ma bouche se tait.

        ALCIBIADE.

    Ami, de la Vénus pudique
    Votre épouse a la chasteté ;
    Elle en a les traits, la beauté ;
Permettez que son buste orne un jour mon portique.
Il m'apprendra le prix de la fidélité,
Vous ne vous plaindrez pas, Leucippe, je parie ;
C'est se conduire en généreux rival...
    Qui ne donnerait la copie
    Pour posséder l'original ?

        LEUCIPPE.

Animé par l'amour et la reconnaissance,
Mon ciseau ne saurait manquer la ressemblance.

         NAYS.

J'y consens... quant à nous, de notre bienfaiteur
Les traits demeureront gravés en notre cœur.

        ALCIBIADE.

Que l'amour vous conduise au temple d'hymenée ;
Qu'il rende votre vie à jamais fortunée,
Et puissé-je à mon tour, des vrais plaisirs épris,
Des constantes amours connaître mieux le prix.

## SCÈNE XIII ET DERNIERE.

Les Mêmes. LISISTRATE, Convives d'Alcibiade
et Esclaves.

### ALCIBIADE.

Je vous ai réunis pour embellir la fête
Que je destine à ses talens.
Du laurier d'Appollon, en couronnant sa tête,
Unissons-y le myrthe des amans,
Il est épris d'une amante fidèle.

### QUATUOR.

#### UN CONVIVE.

Rare trésor, qu'un cœur constant.

#### ALCIBIADE.

Oui, Nays est aussi sage que belle.

#### UN AUTRE CONVIVE.

Que ne puis-je en trouver autant !

#### ALCIBIADE.

Et des amans, Leucippe est le modèle.

#### LISISTRATE.

Puisse l'hymen ne pas chasser l'amour.

#### ALCIBIADE.

Jamais : ils s'aiment sans retour ;
Le vrai bonheur est le partage
De l'amour tendre et vertueux ;
Mais le riche voluptueux,
Pour tout son or, à peine en obtient-il l'image ?

*Le Chœur répète les quatre derniers vers.*

Un Ballet général termine la Pièce.

De l'Imprimerie de HOCQUET et Comp., rue St.-Lazare, N. 110,
maison Ruggieri.

# SUPPLÉMENT.
## au *Catalogue de Mad.* CAVANAGH.
### *in - 8°.*

Jacques le fataliste, par Diderot. 2 vol.     5.

Julius Sacrovir, ou le dernier des Eduens. 1 v. fig. 5.

* Prophétie contre Albion, par Ch. Nodier, auteur
des Proscrits, du Peintre de Saltzbourg, etc.    6.

### *in - 12.*

Amours de Psyché, Poëme. 1 volume. figures.   1 16.

Art de vérifier les dates de la révolution. (l') 1 v. 3.

Charles, ou Mémoires de Labussière, 4 v. fig. 7 l. 10 s.

Choix de nouveaux contes moraux. 3 vol. figures. 6.

Cours d'études de Condillac. 9 volumes.   12.

Deuxième voyage de Jacques le fataliste. 1 vol.  1 10.

Dictionnaire de poche de Catineau. 1 volume.   6.

Duchesse da la Vallière (la), par mad. de Genlis. 2 v. 5.

* Eloge de l'ivresse, 1 vol. figure.     1 10.

* Essais d'un Jeune Barde, par Ch. Nodier, auteur
des Proscrits, du Peintre de Saltzbourg, etc. 1 v. 1 l. 10.

* Fables de la Fontaine. 1 volume.     2.

Loisirs littéraires de J. J. Regnault-Warin, 1 v. 2 l. 10 s.

Magasin des enfans. 2 volumes.     5.

    *Idem.* 4 volumes in-18.     5.

Masque de fer (le), 2ᵉ. éd. aug. du testament. 4 v. f. 7 l. 10.

Miroir de l'enfance. 1 volume. figure.    1 10.

### *in - 18.*

* Amours de Manon la ravaudeuse avec le portrait
de Brunet en zéphir, 1 vol.     15.

Contes des fées, par Mad. Daulnoy, contenant la
gr nouille bienfaisante, le mouton, le nain jaune
le rameau d'or, la princesse Rosette et Fortunée.
2 volumes. 6 figures,     1 15.

    Chaque volume se vend séparément.  1.

Espion de Paris (l'). 1 volume. figure.   15.

* Ivrogniana, ou bons mots et aventures d'ivrognes,
recueil de cabaret, suite de Grivoisiana, Bruné-
tiana, Guères de trois, Angotiana, Crocriana, Mer-
diana, etc. 1 vol. fig. enl. ( vient de paraître. ) 1.

Moine ( le ). 4 volumes avec figures.   4.

Nouvelles galantes et critiques. 4 volumes. fig.  4.

Œuvres complettes de Colardeau. 4 vol. portrait. 4.

Poissardiana. 1 vol. fig.     15.

Rencontre au foyer Montansier. 1 vol. fig.  15.

# PIÈCES DE THÉATRE

*Du fond de Madame* CAVANAGH.

Amant rival de sa maitresse, opéra par Henrion et Piccini.

Amateur tout seul, ou Je Débute, monol. Rougemont.

Bouffe et le Tailleur (le) op.-bouf. A. Gouffé et Villiers.

Brisquet et Jolicœur, vaudev. de Dumaniant et Servière.

Cadet Roussel chez Achmet, folie. Bosquier-Gavaudan.

Caponnet, vaud. de Chazet et Francis.

Charbonniers de la Forêt Noire, (les) pièce à spectacle, par Sewrin, Servière et Lafortelle.

Clémence Isaure, vaudev. de A. Gouffé et G. Duval.

Cric-Crac, vaudeville, de Désaugiers et Jacquelin.

Edouard et Adèle, ou l'Indifférence par amour, com.- vaud. de J.-B. Dubois.

Hôtel de Lorraine, ou la Mine est trompeuse, prov.-vaud. de Chazet, Lafortelle et Francis.

Jean-Bart, vaudeville, par Ligier, Servière et G. Duval.

L'Un après l'Autre, vaudev. de Désaugiers et Francis.

Malade par amour ou la Rente Viagère. Henrion et Brazier

Manie de l'Indépendance, ou Scapin tout seul, par Moreau et Dumersan.

Manon la Ravaudeuse, vaudeville, de Servière, Henrion et Désaugiers.

Médecin turc (le) opéra de Armand-Gouffé et Villiers,

Mode ancienne et la mode nouvelle (la), comédie en vers de Gaugiran-Nanteuil.

M. Girouette, com. de J. B. Dubois.

Mot de l'Enigme, v. de Chazet, Désaugiers et Lafortelle.

Ninon de l'Enclos, v. de Arm. Ragueneau et Henrion.

Pépinières de Vitry, vaud. de Radet et A. Gouffé.

Pistache, ou le Jour de l'an, v. de Francis et Désaugiers.

Revue de l'an onze, par Chazet.

Seringa, ou la Fleur des Apothicaires, vaudeville, de Armand-Gouffé, G. Duval et T...

Une Heure d'Alcibiade, op. de Dumolard, auteur de Vincent de Paul.

Un et un font onze, vaud. de Villiers et H. Chaussier.

Vélocifères (les) vaud. de Dupaty, Chazet et Moreau.

Vielleuse du boulevard, mélod. de H. Chaussier.

Vincent de Paul, drame en 5 actes, en vers. de Dumolard.

On trouve chez Mad. *Cavanagh*, plusieurs Assortimens de pièces de théâtre, tant anciennes que modernes.

82